LES
DOUBLES VIERGES

Fantaisie-Mondaine en un Acte à Grand Spectacle

Paroles de L. BATAILLE et SAINT-MAURICE

Musique arrangée de L. LUST

Représentée pour la première fois à Paris, le 13 Septembre 1895
sur le Théâtre-Concert de l'Alcazar d'hiver.

Prix net : 1 fr.

PARIS
C. JOUBERT, Éditeur, 25, rue d'Hauteville.

Répertoire de la Société des Auteurs et Compositeurs Dramatiques.

C. JOUBERT, Editeur de Musique

PARIS. — 25, Rue d'Hauteville, 25. — PARIS

RÉPERTOIRE

DES OPÉRAS-COMIQUES ET OPERETTES EN UN ACTE

ABRÉVIATIONS : D. Veut dire du répertoire de la Société Dramatique, 8, rue Hippolyte Lebas. — Le surplus appartient au répertoire de la Société Lyrique, 10, rue Chaptal.
LOC. Veut dire : La musique n'existequ'en location.

Opéras-Comiques en un Acte

AUTEURS	TITRES DES ŒUVRES	Hommes	Femmes	Prix nets
H. Salomon	Aumônier du Régiment (L') d	3	1	10 »
Samuel David	Bien d'Autrui (Le) d	2	1	8 »
L. Deffès	Bourguignonnes (Les) d	2	1	7 »
D. Bernicat	Cadets de Gascogne (Les)	troupe	»	7 »
L. Deffès	Café du Roi (Le) d	1	2	7 »
De Ste-Croix	Chanson du Printemps (La) d	4	2	8 »
R Planquette	Chevalier Gaston (Le) d	2	1	8 »
Ch Grisart	Memnon d	troupe	»	6 »
A. Turquet	Monsieur Pulcinella d	2	2	6 »
P. Henrion	Moulin de Javelle (Le) d	2	1	6 »
R. Planquette	Paille d'Avoine d	2	1	8 »
Th. Dubois	Pain bis (Le) d	troupe	»	10 »
De Ste-Croix	Rendez-vous galants (Les) d	troupe	»	» »
E. Boussagol	Sabre enchanté (Le) d	3	1	6 »
De Mortarieu	Saint-Nicolas (La)	1	1	8 »
Desgranges	Vieux Sorcier (Le) d	troupe	»	8 »

Opérettes de Théâtre et de Concert

AUTEURS	TITRES DES ŒUVRES	Hommes	Femmes	Prix nets
De Campisiano	Absalon	1	3	6 »
F. Bernicat	Agence Rabourdin (L')	1	1	5 »
Japy	A huitaine	4	»	loc.
Bessière-Ruffler	Ami Vandière (L'). d	7	6	loc.
G. Street	Amour en livrée (L')	3	1	5 »
Desormes	Amour et l'appétit (L')	1	1	4 »
Ch. Lecocq	Amour et son Carquois (L') d	2	13	8 »
A. Petit	Amoureux d'Yvonne (Les) d	5	3	loc.
V. Roger	Amour Quinze-Vingt (L')	3	1	4 »
Desormes	Antoine et Cléopâtre d	1	2	4 »
Dorfeuil-Moreau	Après la vie de Bohème d	troupe	»	loc.
J. Emmecé	A qui le gosse ?	troupe	»	loc.
M. Chautagne	Arracheuse de dents (L')	2	1	4 »
Dourel, Roydel, Monjardin	Artistes pour rire	6	4	loc.
Géraldy	Ascension du Mont-Blanc (L')	1	1	4 »
Oudot de Gorrsse	Au Chat qui pelote d	troupe	»	loc.
Banès	Au Coq huppé	3	2	5 »
Lebreton-Moreau	Au temps des cerises d	5	3	loc.
Guérineau	Autour par amour	1	2	5 »
Lebreton-Moreau	Autour d'une guérite d	3	2	loc.
Henry Moreau	Avant le bal	1	1	3 »
Colonge, Carofalo, Combret	Baba-Bouzouck d	5	6	loc.
Deransart	Baigneur et nageuse	1	1	1 »
Leserre	Barbe-Bleue	1	1	2 »
Offenbach	Ba-ta-Clan d	troupe	»	8 »
Ratcré-Tranchant	Bataillon Desroches (Le) d	10	10	loc.
Wachs	Bibi ou l'Enfant de l'Amour	1	1	4 »
Moreau-Touzé	Belle mère, nouveau jeu	1	3	loc.
Moreau-Gramet	Bougnol et Bougnol	4	2	loc.
Villebichot	Boum ! Servez chaud	3	2	4 »
Hubans	Breland de bègues	2	1	5 »
Banès	Cadiguette (La)	1	1	5 »
Javelot	Calino amoureux	2	1	3 »
Cellot	Canne d'un grand homme (La) d	2	2	loc.
V. Herpin	Capricorne (La)	troupe	»	loc.
F. Barbier	Carmagnole (La)	3	3	5 »
Lebreton-Moreau	Carnaval conjugal (Le) d	9	9	loc.
Chabaud, Colonge, Tranchant	Ce pauvre Bobinet	1	1	loc.
Chelu	Chambre à main	1	1	2 »
Cuvillier	Chambre à part d	4	2	loc.
Henry Moreau	Chambre de bonne d	troupe	»	loc.
V. Roger	Chanson des Ecus (La)	3	1	4 »
P. Henrion	Chanteuse par amour (La) d	»	1	6 »
E. André	Chaos (Le)	1	1	4 »
Moreau-Boucherat	Chasse royale d	troupe	»	loc.
Lebreton-Moreau	Chasseurs Alpins (Les) d	6	6	loc.
Cieutat	Chaste Suzanne (La) d	troupe	»	4 »
Yvel	Chéri des Dames	troupe		loc.
Meynard	Chez le dentiste	3	1	8 »
Lhuillier	Chez les Corniquets	1	»	1 »
C. Rosenquest	Chicard et l'ébé	1	2	4 »
Bonnier	Chien et Chat d	4	1	5 »
Moreau-Gramet	Cinq contre un	3	3	loc.
Villebichot	Cirque Ponger's (Le)	troupe	»	6 »
L. Collin	Coco Bel-Œil	3	1	6 »
A. Petit	Cocotte et chiffonnier	1	1	5 »
Villemer / Delormel / Péricaud	Colosses de Rhodes (Le		»	4 »
A. Petit	Confection pour dames	2	4	5 »
Lebreton-Moreau	Conscrits bretons (Les) d	7	5	loc.
L. Collin	Conscrit tyrolien (Le)	1	1	3 »
Lebreton-Moreau	Cote et Cocottes	4	4	3 »
De Roze et d'Arsay	Culotte du marié (scène) (La)	»	1	1 »
Lebreton-Moreau	Dans cent ans d	2	11	loc.
Sourilas	Dégrafée d	3	3	5 »
L. Lefèvre	Dernier verre (Le)	2	1	4 »
F Barbier	Deux amours de chandeliers	1	1	5 »
F. Matz	Deux avares (Les) d	2	1	8 »
Ch. Hubans	Deux coqs vivaient en paix	2	1	6 »
F. Gracia	Deux estafiers (Les)	2	»	2 »
M. Chautagne	Deux muses (Les)	2	»	4 »
F. Barbier	Deux parfaits notaires (Les)	3	»	4 »
Hervé-Lecocq	Deux portières pour un cordon d	2	»	4 »
Moreau-Boucherat	Diable au Moulin	5	8	loc.
Saint-Maurice	Doubles Vierges (Les) d	troupe	»	loc.
Moreau-Gramet	Dragon pour deux	3	2	loc.
Sourilas	Drapeau jaune (Le) d	3	2	4 »
J. Domerc	Ecole buissonnière (L')	3	»	3 »
Trebla-Croisier	Elle ! d	5	1	loc.
Ed. Lhuillier	Elle débute ce soir	1	1	4 »
Delaruelle	El senor Piffardino	1	1	6 »
Marsay	En colonne d	troupe	»	loc.
Lebreton-Moreau	Enfant des halles (L') d	3	2	loc.
Jallais Hubans	Enlèvement des Sabines (L')	troupe	»	loc.
Lebreton-Duroc	Enragés d	4	4	loc.
Villebichot	Entre deux jardins	1	1	4 »
Lebreton-Duroc	Entresol d'Eugène d	4	6	loc.
Banès	Escargot (L')	2	3	6 »
A. Pajol	Esprits d'Argenteuil (Les)	4	3	loc.
D. Dihau	Eternel roman (L')	1	1	4 »
F. Beauvallet	Faites le jeu, Messieurs d	3	1	loc.
Moreau-Gramet	Famille Nitouche (La)	3	4	loc.
Lebreton-Moreau	Farces du Printemps (Les) d	7	4	loc.
St-Agnan Choler	Faut du prestige (vaud.) d	3	2	loc.
Lebreton-Duroc	Faut que j'casse la g. à Baptiste d	4	3	loc.
Flers	Femina d	troupe	»	loc.
Ch. Gabet	Femme de Valentino (La) d	»	»	loc.
E. Chaudoir	Fête à Claudine (La)	1	1	4 »
E. Duhem	Fête à M. le Maire (La)	3	2	4 »
R. Planquette	Fiancé de Margot (Le) d	1	1	6 »
Javelot	Fiancés berrichons (Les)	1	1	3 »
Soulié	Fiancés du bonnet de coton (Les)	1	1	5 »
L. Vasseur	Fichue idée d	2	1	5 »
Liouville	Fièvre phylloxérique (La)	3	2	4 »
Berthe	Fille du charpentier (La)	3	1	5 »
Lebreton-Moreau	Fille du marin (La) d	8	7	loc.
Lebreton-Soudant	Filles de la Cantinière (Les) d	troupe	»	loc.
Lebreton-Moreau	Fils à Papa (Le) d	troupe	»	loc.
Chaulieu et Battaille	Fils de M. Alphonse (Le) (vaud.) d	troupe	»	loc.
Duroc-Maillfait	Five O'Clock de la Baronne	7	2	loc.
Villebichot	Fleuriste et typographe	1	1	5 »
Lebreton-Talber	Foire aux nichons (La) d	7	7	loc.
Divers	Françoise les bas bleus d	troupe	»	loc.
Divers	Fantrognon d	8	11	loc.
Lebreton-Moreau	Frère de lait (Le)	1	2	4 »
Carin-Tomy	Friper's and Co d	troupe	»	loc.
Lebreton-Moreau	Friquet d	9	7	loc.

LES DOUBLES VIERGES

Fantaisie-Mondaine en un Acte à Grand Spectacle

Paroles de L. BATAILLE et SAINT-MAURICE

Musique arrangée de L. LUST

Représentée pour la première fois à Paris, le 13 Septembre 1895
sur le Théâtre-Concert de l'Alcazar d'hiver.

Prix net : 1 fr.

PARIS
C. JOUBERT, Éditeur, 25, rue d'Hauteville.

Répertoire de la Société des Auteurs et Compositeurs Dramatiques.

LES DOUBLES VIERGES

Fantaisie-Mondaine en un Acte, à Grand Spectacle

Paroles de L. BATAILLE et SAINT-MAURICE — Musique arrangée par L. LUST

*Représentée pour la première fois, à Paris, le 13 Septembre 1895,
sur le Théâtre-Concert de l'Alcazar d'hiver.*

PERSONNAGES

MAX DE CHANDEL, Gentilhomme campagnard un peu terreux .	MM. Emilien.
JULIEN DE SOUBRESAUT, Professeur de bicyclette pour demoiselles du monde	Emile Wolff.
LUC LECHANGE, Attaché d'ambassade	H. Vaast.
TOTOR LEFESSIER, Boulevardier roublard, mais naïf	Marius Legras.
VAISSEL, Peintre d'histoire	Malleville.
ESTICUS (ainsi que son nom l'indique).	Darvel.
GONTRAN,	Dargent.
GUY,	Vanrois.
GASTON, Jeunes gens sans importance, servant de garniture.	A. Ber.
PHILIPPE,	Ferra.
MOME DE BOUGRE, Jeune fille heureuse d'être du grand monde, et d'y voir clair	Mr Battaille.
JACQUETTE, Innocente qui la connaît dans les coins	Mmes Prayille.
MAMAN DE BOUGRE, vieille noblesse de Cuba, plantations de cacao	G. Jeannin.
JEANNETTE DE CHANDEL, Ingénue comme un ver	Henriette Kervilly.
JULIETTE D'HAVRESAC,	Mathilde Sarra.
MARTHE RENVERSÉ,	Juliette Gileth.
MADELEINE RENVERSÉ, Doubles vierges de nuances diverses, à	Renée Fleury.
CORA KELVISS, varier selon le goût des spectateurs.	Kersin.
ALICE DE REVERS,	Andrée Laurency.
HENRIETTE DE TOURS,	Blanche.

L'action se passe de nos jours dans le monde où l'on rigole.

N. B. — Ne pas confondre avec les *Demi-Vierges*. Les nôtres sont beaucoup plus solides.

La scène représente un boudoir attenant à la chambre de Môme. — Le fond, à grande baie garnie de rideaux, s'ouvre sur la galerie qui dessert tout l'appartement. Cette galerie formant le 2e plan du décor est ouverte elle-même sur un vaste hall qui sert à la fois de salle de bal et de salle de théâtre. Piano. — Canapé. — Fauteuils.

Au lever du rideau, les draperies du fond sont fermées. — Un paravent. — Une potiche à droite sur un trépied.

SCÈNE PREMIÈRE

Jacquette, Jeannette, Cora, Juliette, Marthe, Madeleine, Alice, Henriette. *(Jacquette est au piano, sur lequel elle tapote frénétiquement. Jeannette est assise sur un fauteuil à gauche).*

(Les autres jeunes filles dansent un cancan échevelé).*

CHŒUR

Air : *Saute, saute.* (Petit Faust, 1er acte, Hervé).

Saute, saute, lèv' la patte,
En avant le Balthazar,
Pour se dilater la rate,
On risque le grand écart.

} *(bis),*

JULIETTE, *venant au milieu**.*

I

Voilà la nouvelle ronde,
Que l'on vient d'inventer ;
Tout's les jeun's fill's du monde,
Doivent l'exécuter ;
Dansons-en une seconde,
Pour nous perfectionner.

(Elle reprend sa place).

ENSEMBLE

Saute, saute, lèv' la patte
Etc.

JACQUETTE, *quittant le piano, vient au milieu.*

II

Nos mères qui sont bégueules,
Dans ce boudoir perdu,
Nous ont fourrées tout's seules,
Pour garder not' vertu ;
Ell's f'raient de drôl's de poires,
En voyant not' chahut.

____

(*) *Jeannette 1, Juliette 2, Madeleine 3, Alice 4, Henriette 5, Marthe 6, Cora 7, Jacquette 8.*

(**) *Jeannette 1, Madeleine 2, Alice 3, Juliette 4, Henriette 5, Marthe 6, Cora 7, Jacquette 8.*

(Elle se met à danser avec les autres, face au public, en chantant et en levant les jambes).

Saute, saute, lèv' la patte
Etc.

(Pendant le dialogue suivant, on entend dans le salon du fond, le piano jouer l'air du « Fiacre ».)

JACQUETTE

Ah ! mes enfants, ce qu'on rigole !

TOUTES

Ah ! oui, z'alors !

MADELEINE

On se tire-bouchonne, quoi !

JULIETTE

Dame ! quand on est entre jeunes filles du grand-monde...

MARTHE

Et que personne ne vous voit..

MADELEINE

Tout est permis.

JACQUETTE

C'est égal... c'est une riche idée qu'ont eue nos mamans de nous envoyer dans ce boudoir.

ALICE

Pendant qu'au salon on leur chante un tas de petites saletés.

MARTHE

Tout le répertoir d'Yvette. Quoi !

JACQUETTE

Il paraît que c'est d'un salé... J'ai chipé le programme. *(Elle sort un papier de sa poche).*

TOUTES, *s'approchant.*

Oh ! fais voir... fais voir...

JACQUETTE, *lisant.*

Primo : — Les Stances de Ronsard ; — Secundo : — L'histoire d'Abeilard ; — tertio : — Le Fiacre ; — et quarto : — Tire-lire-laire...

JULIETTE, *écoutant le piano du salon.*

Tenez... en ce moment... c'est le « Fiacre » qui marche.

MARTHE

Le « Fiacre », c'est vieux jeu... usé !

MADELEINE

Maman elle-même n'ose plus le chanter.

JACQUETTE

Le fait est que c'est rudement panade...
(*Elle fredonne*).

> Une voix qui disait : Léon,
> Hue-la, hop-là, hue–dia !
> Une voix qui disait : Léon,
> Il fait chaud, ôte ton lorgnon ?.

TOUTES, *avec dédain*.

Nous ne connaissons que ça !

JULIETTE

C'est comme les « Stances de Ronsard »,
mon cousin Luc me les a récitées après ma
première communion.

TOUTES

Tiens ! à moi aussi !

MARTHE

C'est comme l'histoire d'Abeilard ?...

HENRIETTE

En voilà un rasoir !

MADELEINE

Ça manque de charme.

JACQUETTE

Ça manque de tout.

JULIETTE

Et c'est pour ce programme-là qu'on nous
a fait sortir... Nous le savons par cœur...
Sauf « Tire-lire-laire »... que je ne connais
pas.

TOUTES

Tiens ! moi non plus !

MARTHE

C'est nouveau ?

JACQUETTE

Oui, du vieux-neuf... je le sais, moi... Si
vous voulez, je vais vous le chanter.

TOUTES

Oh ! oui, oui...

JACQUETTE

Avec les gestes ?..

TOUTES

Tiens, c'te bonne blague !..

ALICE

Est-ce que c'est raide ?

JACQUETTE

Oh ! ça ne casse rien... ça gratouille... Vous
allez voir.

CHANSON :

AIR : *Reli-relon.*

JACQUETTE

> Lubin rencontre un soir Suzon,
> Au bord de la clairière
> Lonlaire,
> Lonlaire
> Et bonjour, dit-il, mon trognon
> Seule ici qu'viens-tu faire
> Reli-relon,
> Reli–relaire!

JACQUETTE

> Je cueill' des noisettes mon bon,
> Pour porter à ma mère,
> Lon
> Laire
> Je vais t'aider ma p'tit' Suzon,
> Fit-il à la bergère,

MADELEINE, *à part.*

J'te crois.

TOUTES

> Reli-relon,
> Reli-relaire !

JACQUETTE

> Et prenant un air de luron
> Il dit avec mystère
> Lon
> Laire
> Je vois un nid dans le buisson,
> Dénichons-le ma chère !

MARTHE

Oh ! je pige ça d'ici !..

TOUTES

> Reli-relon,
> Reli-relaire !

JACQUETTE

> Non ! ce nid-là, répond Suzon,
> Je ne te laisserai pas faire.
> Lon
> Laire
> Les p'tits s'envoleraient mon garçon,
> Laiss'-les dans la clairière.

ALICE

Elle pas bête !

TOUTES

> Reli-relon,
> Reli-relaire !

JACQUETTE

·Ce s'ra pour Dimanch', fit Suzon.
Lubin dit : — J'obtempère !
Lon
Laire
Et le dimanche, sans soupçon,
Il r'vint à la clairière.

JULIETTE

Quelle gourde !

TOUTES

Reli-relon,
Reli-relaire !

JACQUETTE

Y avait bien encor' Suzon,
Oui mais avec Césaire
Lon
Laire
Et dans l'nid plus un oisillon !
Trop tard ! quelle misère !

CORA

Peau de balle, quoi !

TOUTES

Reli-relon,
Reli-relaire !

De cette très vieille chanson
La morale est sévère
Lon
Laire
Jeun's gens ! quand un' fille dit non
C'est un oui qu'elle espère !

TOUTES

Reli-relon,
Reli-relaire !

TOUTES, *applaudissant.*

Bravo ! Jacquette ; bravo !

JULIETTE

Epatante, tu sais.

JACQUETTE

Non,.. je chante comme je sens.

ALICE

Eh ! bien, tu sens rudement fort.

MADELEINE

Tu enfonces Yvette.

JACQUETTE, *même jeu.*

Oh ! Tu vas trop loin. (*A Jeannette.*) N'est-ce pas Jeannette ?*

JEANNETTE

Moi je n'ai rien compris.

TOUTES, *riant à part.*

Qu'elle gourde !

JACQUETTE, *sévèrement et reprenant le milieu*.

Mes amies, un peu d'indulgence pour ma petite belle-sœur... future.

HENRIETTE

C'est vrai... son frère, Max de Chandel va épouser ta grande sœur Môme.

MADELEINE

C'est officiel ?

JACQUETTE

A peu près... il doit faire sa demande à maman aussitôt qu'elle aura un moment lucide.

MARTHE

Toujours gâteuse, ta pauvre mère ?

JACQUETTE

Toujours, hélas ! N'importe, le mariage doit avoir lieu dans un mois si la... chose ne casse pas

MADELEINE

Et Soubresaut... le beau Soubresaut.

JACQUETTE

Lui il peut se gratter... (*Bas aux autres.*) Mais motus devant ma belle-sœur**.

JULIETTE, *à mi-voix.*

Bah ! elle ne comprend pas..., une ingénue de province.

JACQUETTE, *même jeu.*

C'est égal, je ne m'y fie pas... En province, comme à Paris, l'esprit vient aux filles.

JULIETTE, *même jeu.*

Oh ! il ne lui est rien venu, à elle, ça se voit***.. (*Haut, et allant à Jeannette.*) N'est-ce pas que vous ne connaissez pas l'amour ?

JEANNETTE

L'amour ; qué qu'c'est qu'ca ?

TOUTES, *riant.*

Quelle moule !

(*) *Jeannette 1, Juliette 2, Jacquette 3, Mar-he 4, Alice 5, Henriette 6, Madeleine 7, Cora 8.*

(*) *Jeannette 1, Juliette, 2, Marthe 3, Alice 4, Jacquette 5, Henriette 6, Madeleine 7, Cora 8.*
(**) *Jeannette 1, Marthe 2, Alice 3, Juliette 4, Jacquette 5, Henriette 6, Madeleine 7, Cora, 8.*
(***) *Jeannette 1, Juliette 2, Marthe 3, Alice 4, Jacquette 5, Henriette 6, Madeleine 7, Cora 8.*

JULIETTE

Vous ne savez pas ce que c'est que l'amour?
Nous le savons, nous.

JACQUETTE

Nous connaissons ça sur le bout du doigt.

TOUTES

Pour sûr !

JACQUETTE

L'amour comme dit mon professeur de morale... c'est le seul bonheur vrai sur la terre,
qui vous exalte... vous transporte...

JEANNETTE, se levant.

Un moyen de transport, alors ?

JACQUETTE

Si tu veux, mais supérieur à tous les chemins de fer connus... Pour parcourir le pays
du Tendre, il existe une ligne idéale dont
toutes les stations sont ravissantes, avec arrêt
facultatif... Il paraît que c'est un voyage très
agréable !

JULIETTE

Surtout en train de plaisir ?

JACQUETTE

Comment Jeannette, tu n'as jamais rêvé à
cette petite excursion.

JEANNETTE

Jamais... Dame... moi... je suis vierge !

TOUTES

Tiens ! nous aussi.

JACQUETTE

Plus que toi-même.

JEANNETTE, se révoltant.

Oh ! plus que moi !...

JACQUETTE

Oui, plus que toi !... Car si nous n'avons
pas accompli par nous-mêmes le voyage au
pays du Tendre, nos amis et nos amoureux
qui y sont allés nous ont décrit les beautés
du parcours, et les joies de l'arrivée... ils
nous ont offert des billets d'aller et retour,
mais nous sommes des jeunes filles du
monde... honnêtes, nous avons refusé, nous
réservant de faire le trajet avec l'heureux
mortel qui, en nous épousant, aura le droit
de payer notre place et la sienne, et alors...
Oh ! alors, je ne te dis que ça !

____

(*) *Juliette 1, Marthe 2, Alice 3, Jeannette 4,
Jacquette 5, Henriette 6, Madeleine 7, Cora 8.*

JULIETTE

C'est que nous sommes dans le train, nous !

JEANNETTE

Moi, pas.

JACQUETTE

Crois-tu donc qu'il n'y a pas plus de vertu
pour nous, qui connaissons tout de n'accorder
rien ?... Tu es vierge dis-tu, soit ; mais nous,
nous le sommes deux fois plus.

JEANNETTE

Des doubles vierges, alors ?

TOUTES

Pour sûr !

— Nº 3. —

AIR : (*Petits Chagrins.* L. DELMET).

JACQUETTE

Ell's ont du chic, ell's ont du chien,
C'est un produit bien parisien,
   Les doubles vierges.
Ell's pourraient avoir des amants,
Mais ell's les laiss'nt à leurs mamans,
   Les doubles vierges.
En gardant leur virginité,
Ell's n' sont pas enn'mi's d' la gaieté,
   Les doubles vierges.
Et quand ell's voient de beaux messieurs,
Ell's leur font tout d' même les doux yeux,
   Les doubles vierges.
Avec ell's on ne s'embêt' pas,
Surtout quand ell's ont d' frais appas,
   Les doubles vierges.
On peut les voir' les bécoter,
Au besoin les asticoter,
   Les doubles vierges.
De leur trésor connaissant l' prix,
Ell's s'arrêtent au moment précis,
   Les doubles vierges.
Manger de l'argent leur est égal,
Pourvu qu'ell's gard'nt leur... capital,
   Les doubles vierges

TOUTES, *parlé.*

V'là comme nous sommes.

JEANNETTE

Vous avez beau dire, je préfère ma simpli-
cité ; vos jeux innocents me paraissent trop
dangereux.

JACQUETTE

Pourquoi ? Nous faisons notre apprentis-
sage de femmes, avec nos flirt.

JEANNETTE

Vos flirt ?

JACQUETTE

Nos amoureux... à la mode anglaise... C'est
admis dans le monde... Chacun de nous a
le sien : jusqu'à Cora qui a accaparé l'illustre
Vaissel.

MADELEINE

Un barbouilleur ?

CORA

Un peintre, s'il vous plaît. Il est si gentil. Il m'a offert hier une paire de jarretières,qu'il a voulu attacher lui-même.

TOUTES

Fais voir, fais voir !

CORA, *retroussant sa robe et posant son pied sur le tabouret du piano.*

Les voilà ; elles sont jolies, n'est-ce pas ?

JACQUETTE

Il y a quelque chose d'écrit.

CORA

Oui, il a fait broder dessus une devise évangélique ; lis.

JACQUETTE, *lisant.*

« Le vrai bonheur est là-haut ». (*On rit*).

JULIETTE, *aux autres.*

Pas bête, le Vaissel !

CORA

Ce qui m'ennuie, c'est qu'il veut que j'aille poser chez lui.

MADELEINE

Dame, un peintre...

CORA

Oui, mais songez donc .. un peintre d'histoire... Je n'ai jamais posé ça ! moi.

ALICE

Bah ! ça se pose comme le reste !

JACQUETTE

Ah ! le flirt, quelle belle invention !

TOUTES

J' t'écoute !

CHŒUR

AIR : *Leçon du Petit Duc.*

Le flirt est vraiment commode,
Dans le monde à présent,
Puisque c'est à la mode,
On s'en sert maintenant.
Avec acharnement
Sous le regard des parents,
On peut très facil'ment,
Echanger de gais propos,
Se dire de jolis mots
Et des petits noms d'oiseaux.
Quand votre flirt est malin
Sans s'arrêter en chemin,
Bientôt il vous prend la main,
Y dépose un bécot,
Puis, remontant plus haut,

Embrasse à son goût
Le nez ou le cou.
Les épaul's, les bras.
Et même plus bas,
Souvent ces messieurs
Nous regardent le blanc des yeux,
De si drôl' de façon :
Que dans l'dos ils vous font,
Passer comme un frisson,
Qui chatouille au fond,
Et c'est rud'ment bon !
Ces p'tits chatouill'ments
Ne durent pas longtemps,
Quand on rentr' chez soi, cela vous poursuit
On s'agit', on r'mue pendant tout' la nuit
Tous bas nous murmurons,
Lorsque nous nous couchons,
Que les hommes sont co...quins.

SCÈNE II

LES MÊMES, **Totor, Soubresaut, Luc, Vaissel, Esticus, Gontran, Guy, Gaston, Philippe**. (*Les rideaux du fond se lèvent, les hommes paraissent au fond**).

TOUS

Mesdemoiselles...

LES JEUNES FILLES, *remontant.*

Ah ! voilà ces messieurs.

TOTOR**

Mesdemoiselles, on vous attend au salon.

JACQUETTE, *à Luc.*

Vous avez fini vos horreurs ?

LUC

Complètement. Nous venons nous rafraîchir près de vous et nous baigner dans les flots de vos puretés.

JACQUETTE

Oh ! là, là ! vous vous en feriez mourir !

LUC

Avec plaisir, même.

JACQUETTE

Et ma sœur... où est-elle ? ma sœur.

(*) *Guy 1, Vaissel 2, Gontran 3, Luc 4, Totor 5, Gaston 6, Soubresaut 7, Esticus 8, Philippe 9.*

(**) *Guy 1, Julien 2, Gaston 3, Marthe 4, Gontran 4, Alice 5, Jeannette 6, Luc 7, Jacquette 8, Totor 9, Henriette 10, Philippe 11, Madeleine 12, Vaissel 13, Cora 14, Soubresaut 15, Esticus 16.*

TOTOR

Nous l'avons laissée près de votre mère, avec son prétendu. *(Il remonte.)*

SOUBRESAUT*

Oh ! que je souffre ! que je souffre ! *(Il frappe du pied et marche sur celui d'Esticus.)*

ESTICUS, *secouant sa jambe.*

Haigne ! qu'avez-vous donc, mon cher Soubresaut ?

SOUBRESAUT, *se remettant.*

Rien. *(A part.)* Dissimulons. *(Haut.)* Un cor qui m'élance !

TOTOR, *remontant.*

Ah ! voilà Môme... avec votre maman... son prétendu les accompagne.

JACQUETTE

Sans doute pour faire la demande.

SOUBRESAUT, *à part.*

Oh ! que je souffre ! que je souffre ! *(Même jeu que ci-dessus.)*

ESTICUS, *même jeu.*

Encore ! ôte donc ton pied d'là !

JACQUETTE**

Mes enfants, soignons l'entrée..... Une, deux, trois !

SCÈNE III

LES MÊMES, **Max, Môme, Maman.**

CHŒUR

AIR : *des Vieillards du Petit Faust.*

Approchez donc, bonne maman,
Asseyez-vous, car sans attendre,
Vous bénirez plus facil'ment,
Votre fille et votr' futur gendre,
Ils ont l'air tous deux amoureux,
Quelle fête pour la famille !

(*) *Guy 1, Juliette 2, Gaston 3, Marthe 4, Gontran 5, Alice 6, Jeannette 7, Totor, 8, Luc 9, Jacquette 10, Henriette 11, Philippe 12, Madeleine 13, Vaissel 14, Cora 15, Soubresaut 16, Esticus 17.*

(**) *Guy 1, Juliette 2, Gaston 3, Marthe 4, Gontran 5, Alice 6, Jeannette 7, Luc 8, Jacquette 9, Maman 10, Môme 11, Henriette 12, Philippe 13, Madeleine 14, Vaissel 15, Cora 16, Soubresaut 17, Esticus 18, Max 19.*

Il vient le jour trois fois heureux, }
Qui vous débarrassera de votre fille, } *(bis.)*

(Pendant le chœur, on a installé maman dans le fauteuil).

MAX*

Ma Môme adorée, je vais sur-le-champ parler à votre mère.

MÔME

Parlez, Max, demandez-lui de nous conduire à l'autel... et après nous marcherons ensemble. *(Elle lui tend la main qu'il baise).*

SOUBRESAUT

Oh ! que je souffre ! que je souffre ! *(Même jeu que ci-dessus.)*

ESTICUS

C'est une maladie... faut mettre quelque chose là-dessus ! *(On entend en sourdine un air de valse.)*

TOTOR

La valse nous réclame... Messieurs, la main aux dames. *(Tout le monde se choisit une danseuse)*

MAX, *à Maman**.*

Pendant qu'ils vont danser dans le hall, je vais, chère madame, vous adresser ma demande sans retard.

MAMAN

En voulez-vous, des z'homards ?

TOUS

Hein ?

MÔME

Ne faites pas attention,.. mes amis. C'est un tic, ma pauvre mère a l'esprit un peu affaibli... Cet été, je l'ai menée à la fête de Neuilly, et ce cri des camelots parisiens lui est resté dans la cervelle.

TOUS

Pauvre femme !

(*) *Guy 1, Juliette 2, Gontran 3, Marthe 4, Gaston 5, Alice 6, Totor 7, Jeannette 8, Max 9, Maman 10, Môme 11, Henriette 12, Philippe 13, Madeleine 14, Vaissel 15, Cora 16, Luc 17, Jacquette 18, Soubresaut 19, Esticus 20.*

(**) *Guy 1, Juliette 2, Gontran 3, Marthe 4, Gaston 5, Alice 6, Totor 7, Jeannette 8, Henriette 9, Philippe 10, Vaissel 11, Cora 12, Soubresaut 13, Esticus 14, Madeleine 15, Maman 16, Max 17, Môme 18, Luc 19, Jacquette 20.*

MOME

Oh ! ne la plaignez pas ; elle est heureuse ainsi. Pourvu qu'elle dorme lorsque cela lui fait plaisir, qu'on ne la bouge pas trop et qu'elle ait entre les mains la tabatière de mon père.

MAX

Quelle tabatière ?

MOME

Un cadeau que lui fit défunt mon papa, le jour de son mariage... Pauvre mère ! c'est tout ce qui lui reste de son mari, une simple queue de rat !

MAX, *ému.*

Ah ! Madame, croyez que je prends part...

MAMAN

En voulez-vous, des homards ?

MOME

Encore ce tic.

MAX

Oui, elle a ce tic !

MOMB

Vous voilà prévenu, mon ami.. Maintenant, autre chose ; quand vous parlerez à ma mère.. élevez la voix... Elle est un peu dure d'oreille.

JACQUETTE, *à part.*

J' te crois, elle est sourde comme un pot !

MAX, *à Môme.*

Que vous êtes bonne ! *(Il lui baise la main).*

SOUBRESAUT, *allant à Môme*.*

Môme... voulez-vous m'accorder la première valse ?

MAX, *jaloux, bas à Môme.*

Hein ? quel est ce type ?

MOMB

C'est juste, vous n'avez pas encore été présenté... *(Les présentant)* Monsieur Julien de Soubresaut.. un ami d'enfance.. Monsieur Max de Chandel, mon faïencier. *(Se reprenant)* Mon fiancé. *(Les deux hommes se saluent).*

MAX, *à part, soupçonneux.*

Un ami d'enfance !

(*) *Maman 1, Max 2, Môme 3, Soubresaut 4.*

SOUBRESAUT, *à part, retournant à droite.*

Oh ! que je souffre ! que je souffre ! *(même jeu que ci-dessus).*

ESTICUS, *même jeu.*

Ah ! sacrebleu ! Fais-toi couper ça !

MOMB

Voici ma main, Monsieur de Soubresaut.

JACQUBTTB

Valsons, mes enfants, valsons ! *(Tout le monde s'enlace).*

COUPLET

AIR : *Partie fine.*

(Soubresaut est au milieu avec Môme).

CHŒUR, *Refrain chanté sur place.*

La valse est un divin plaisir,
Qui donne le désir.
Sachons tourner sur nos talons,
Au milieu des salons.
Que sur nos lèvres,
Pleines de fièvre,
Naissent les doux baisers voluptueux,
Qu'échangeut entre eux
Les jeunes amoureux.

SOUBRESAUT, *bas à Môme.*

Tu vois ma souffrance,
Viens avec ton amant,
O doux instant,
Faire un heureux couple,
Ta taille souple
Sur mon cœur
Voilà le bonheur.

(Môme met les mains sur les épaules de Soubresaut).

TOUS, *valsant.*

La valse est un divin plaisir
Etc.

SORTIE GÉNÉRALE.

SCÈNE IV

Max, Maman

MAX

Enfin, seuls !.. Je vais risquer ma demande. *(A Maman)* Chère Madame... ou plutôt, non, laissez-moi vous appeler maman... car vous allez devenir ma belle-mère...

MAMAN, *à elle-même.*

Il veut voir ma tabatière. Heureusement, je l'ai sur moi. *(Elle se fouille)*

MAX

Maman, je viens, le cœur ému, vous demander la main de votre fille.

MAMAN, *sortant sa tabatière.*

Elle n'est plus toute neuve, mais elle peu t e ncore servir.

MAX, *interloqué.*

Hein !

MAMAN, *même jeu.*

J'y tiens, parce que c'est mon mari qui l'a faite... tout seul...

MAX

Je le pense bien.

MAMAN

C'était avant mon mariage...

MAX

Qu'apprends-je !

MAMAN

Croyez-vous qu'il ne voulait pas la finir...

MAX

Ces détails...

MAMAN

C'est moi qui lui ai dit : puisque tu l'as commencée, finis-la donc.

MAX

Oh ! les mystères du grand monde !

MAMAN, *tenant sa tabatière.*

Du reste, elle tient le tabac très frais .. en usez-vous ?

MAX, *comprenant.*

Ah ! elle parlait de sa tabatière... Et moi qui croyais... quel affreux quiproquo ! *(Il prise et éternue)* Atchi !

MAMAN

Vous vous enrhumez... il y a des courants d'air ; déployez le paravent.

MAX, *exécutant.*

Tiens, c'est une idée. Au fait, comme cela. *(Criant)* C'est plus intime.

MAMAN, *qui n'entend pas.*

Oui, elle en tient pour 15 centimes.

MAX

Ah ça ! mais elle est tout à fait bouchée...

ça ne va pas être facile... Je ne peux pourtant pas lui crier mon amour... Si je le lui chantais ?... Tiens, c'est une idée, la voix pénétrera mieux.

AIR : *Mme Langlumé.*

J' suis amoureux d' vot' fille,
Elle m'a tapé dans l'œil,
D'entrer dans vot' famille,
J'aurais un fier orgueil,
Ainsi que je l'espère.

Vous m'accorderez sa main.
Ce qui fait qu'dès demain
J'vous appelle ma belle-mère.

MAMAN, *s'assoupissant.*

En voulez-vous des z'homards ?

MAX, *hurlant.*

Madame, écoutez-moi,
J'vous d'mand' la main d'vot'fille } bis.
D'vot' fill' qu'est ben gentille
Et m'met l'cœur en émoi !

MAMAN, *ronfle.*

Elle ronfle ! . *(Il s'assied près d'elle.)* Attendons son réveil. *(On entend la musique de la valse.)* Et Môme... elle valse là-bas... avec Soubresaut... un ami d'enfance... Oh ! mon cœur, tais-toi ! *(Voyant entrer Luc et Jacquette qui paraissent dans la galerie en valsant.)* Du monde ! *(Il se cache derrière le paravent.)*

SCÈNE V

LES MÊMES, **Luc**, **Jacquette**.

*(Sur la musique en sourdine, ils entrent en valsant.)**

Luc, *serrant Jacquette dans ses bras.*

Ah ! Jacquette... que vous êtes belle... ah Jacquette !**

JACQUETTE, *s'échappant.*

Bonjour, Luc... à bas les pattes !

Luc, *boudeur.*

Ah ! si on ne peut plus flirter... alors...

JACQUETTE

Vous appeler ça flirter... C'est-à-dire que vous me pincez tout le temps !

LUC

Je vous aime tant !

(*) Maman 1, Max 2, Jacquette 3, Luc 4.
(**) Maman 1, Max 2, Luc 3, Jacquette 4.

JACQUETTE

Oui ça me fait des bleus partout, et même ailleurs ; je dois être tatouée.

LUC

Oh ! faites voir !

JACQUETTE

Je ne vais plus oser aller à la douche... Le doucheur s'en apercevra.

LUC

Comment, vous vous faites doucher par un homme ?

JACQUETTE

Sans doute ! comme ma sœur... et toutes ces demoiselles.

MAX, *à part.*

Oh ! les filles du grand monde !

JACQUETTE

C'est ce bon docteur Lancelot qui arrose toutes les dames de la société ; il en voit de cocasses, allez... Impossible de lui rien cacher, à lui.

LUC

Ah ! je voudrais bien être à sa place, quand votre tour arrive.

JACQUETTE

Mais je ne demande pas mieux, mon petit Luc...

LUC, *avec exaltation.*

Vrai ? ah ! passer-moi le tuyau... le jet... pomme d'arrosoir...

JACQUETTE, *l'arrétant.*

Pas si vite... Il y a d'abord une petite formalité à accomplir... Il faut m'épouser.

LUC, *avec une grimace.*

Oïe ! oïe ! oïe !

JACQUETTE, *riant.*

Oh ! quelle bobine !.. Ne dites pas non, ça vous défrise... au mot de mariage, vous avez fait une poire... Je sais bien que c'est désagréable... Mais puisque ça vous fait plaisir de doucher...

LUC

Oh ! voui ! voui !

JACQUETTE

J'te crois ! il paraît que ça vaut la peine.. Demandez au docteur...

LUC, *lui prenant la taille.*

Ah ! Jacquette !

JACQUETTE, *se dégageant et passant :*

A bas les pattes !.. Le mariage et la douche... Sans ça, nisco... Voilà ma devise... rien avant !.. Je ne suis pas comme ma sœur Môme..

MAX, *à part.*

Hein !

JACQUETTE

Voilà, mon petit Luc, c'est à prendre ou à laisser..

COUPLET

AIR : *La marche de l'escalier.*

Oui, je veux bien
Qu'on m'dise des gaillardises,
Des petits mots,
Et même des très gros.
Oui, je veux bien,
Ecouter vos sottises,
Mais non d'un chien
Lorsque ça va trop loin,
J'm'arrêt à point.
Si vous voulez me doucher,
Il faut l'maire,
Il faut l'maire,
Si vous voulez me doucher,
Il faut l'maire et le curé,
Une, deux, trois, flûte !
C'est à prendre ou à laisser !

(*Elle se sauve en riant avec un geste de moquerie*).

SCÈNE VI

Maman, Max, Luc, *puis* **Jeannette,** *puis* **Totor**.

MAX, *à part.*

Les voilà., les voilà bien les jeunes filles du grand monde !

LUC

Cette petite Jacquette est vraiment affriolante... mais l'épouser... des nèfles !.. Tiens, je suis jeune, moi,.. faut que je m'amuse... C'est égal, elle a du montant... elle m'a enflammé... je suis dans un état... de combustion... Ah ! sapristi !.. la première qui me tombe sous la patte !..

JEANNETTE, *entrant du fond voyant Luc.*

Pardon, Monsieur, vous n'avez pas vu mon frère ?

MAX, *à part.*

Ma sœur !..

(*) *Maman 1, Max 2, Jacquette 3, Luc 4.*
(**) *Maman 1, Max 2, Luc 3.*
(***) *Maman 1, Max 2, Jeannette 3, Luc 4.*

LUC

Votre frère, Mademoiselle, non, je ne l'ai pas sur moi. *(Jeannette fait un mouvement pour se retirer, il la retient.)* Mais ne vous sauvez donc pas ainsi... (A *Jeannette.*) Est-ce que je vous fais peur ? (A *part.*) Gentille, la petite. (*Avec intention.*) A moi, ce n'est pas l'effet que vous me faites.

MAX, *à part.*

Hein ?... Il va dire des polissonneries à ma sœur... C'est le moment de se montrer... Cachons-nous... Je veux connaître les dessous du monde parisien.

LUC

Avez-vous remarqué, Mademoiselle, que c'est la première fois que nous avons le plaisir de nous rencontrer ?

JEANNETTE, *très timide.*

Non, Monsieur.

LUC

Et savez-vous ce qui arrive, quand un homme jeune... comme moi, est près d'une jeune fille jolie comme vous ?

JEANNETTE

Non, Monsieur.

LUC

Il arrive... il arrive que l'homme sent en lui circuler des frémissements et que tout son être, vibre de sensations délicieuses... Et vous, que ressentez-vous ?

JEANNETTE

Moi... je voudrais bien m'en aller !

MAX, *à part.*

Brave petite sœur !

LUC

Vous en aller... partir sans moi... (A *part*) En avant ma phrase électrique ; on n'y comprend rien, mais elle ne rate jamais. (*Haut.*) Partir... est-ce possible ? Mais ne sommes-nous pas, vous et moi, les deux piles du grand problèmes de l'attraction des corps... il suffit de réunir les pôles pour obtenir cette secousse dynamomètrique que les savants ont appelé le coup de foudre. (*Il la prend dans les bras.*)

JEANNETTE

Ah ! lâchez-moi le coude !

N° 9.

AIR : sur : (*Non, non, je n' veux pas.*)

LUC

Savez-vous quand le pigeon,
S'approche de sa pigeonne,
Tout de suite la friponne,
A sa flamme correspond.

JEANNETTE

Non, non, je n' sais pas,
Ces choses-là r'gardent ma bonne,
Non, non, je n' sais pas.
La volaille n' me r'garde pas.

LUC

Eh ! bien, j' suis vot' pigeon,
Et je vous ouvre mon aile,
Jeannett' parc'que vous êtes belle,
Vous êt's belle... et je sens bon !

(Il va pour l'embrasser)*

TOTOR, *qui est arrivé au commencement du 2e couplet, passe la tête entre eux, et reçoit le baiser.*

Eh ! bien, mon pigeon !

Reprise de l'Air.

Non, non, je n' veux pas,
Voir renifler ta personne,
Non, non, je n' veux pas
C'est pas pour toi, vieux, gaga !

LUC

Gaga !...

MAX, *à part.*

Noble cœur**...

TOTOR, *avec sentiment, prend la main de Jeannette et la faisant remonter.*

Allez, Mademoiselle, et oublier ce que vous a dit cet homme... Non, vous n'êtes pas une pigeonne... Vous êtes une oie, une petite oie blanche... et il se trouvera quelque jour un oison qui vous offrira son cœur, moi, si vous voulez ?

JEANNETTE

Merci.

TOTOR

Allez ! vous l'avez. (*L'orchestre reprend en sourdine le refrain de* : Non, non, je n' veux pas).

SCÈNE VII

LES MÊMES, *moins* Jeannette***

LUC, *à lui-même.*

Gaga ! gaga !

(*) *Maman 1, Max 2, Jeannette 3, Totor 4, Luc 5.*

(**) *Maman 1, Max 2, Totor 3, Jeannette 4 Luc 5.*

(***) *Maman 1, Max 2, Totor 3, Luc 4.*

Totor, *allant à lui et lui tendant la main.*

Tu ne m'en veux pas ?

Luc

Non, seulement... ce n'est pas gentil de couper le flirt à un ami.

Totor

Tiens, je le garde pour moi.

Luc, *riant.*

Alors, après toi, s'il en reste.

Totor

Ne ris pas.., j'épouse... moi.

Luc

Ah ! c'est toi qui fait l'oison.

Totor

Ah ! mon cher... cette petite oie, est tellement innocente... as-tu regardé son visage, comme il respire l'honnêteté !

Luc

Les autres aussi respirent l'honnêteté... seulement elles ont la respiration courte... Du reste, cela ne les empêche pas de se marier... Vois Môme.

Max, *à part.*

Ou parle de Môme.

Luc

En voilà une qui a eu de la chance de rencontrer le Chandel... quel daim ! il a coupé dans le pont !

Max, *à part.*

De quel pont parle-t-il ?

Luc, *riant.*

Oh ! la ! la ! après Soubresaut !

Max

Son ami d'enfance !... Oh ! les misérables, je vais faire un malheur... *(Il saisit un coussin sur le canapé).*

Luc, *même jeu.*

Sans compter les autres.,. avant...

Max, *à part.*

Les autres ! *(Il brandit son coussin qu'il laisse retomber avec force sur la tête de maman).* Ah ! les gueusards. *(Il ouvre le paravent).*

Maman, *réveillée en sursaut.*

En voulez-vous des homards ?

Totor et Luc, *voyant Max.*

Le prétendu ?

Luc

Il était là !

Totor

Quel gaffe !

Max, *s'avançant et menaçant.*

Messieurs... (*La musique de scène reprend. Les couples envahissent la galerie).*

Luc

Silence ! on vient ! (*Les couples descendent dans le boudoir).*

SCÈNE VIII

Les Mêmes, **Danseurs** *et* **Danseuses, Môme, Soubresaut.**

Max, *avec éclat.*

Assez de danses... Assez, assez, vous dis-je.

Tous, *s'arrêtant.*

Qu'y a-t-il* ?

Max, *à Môme.*

J'aurais quelques syllabes à vous dire... Môme.

Môme

A moi ?

Max, *sombre.*

Woui !

Jacquette, *à part.*

Haigne ! Ça sent le grabuge**.

Luc, *à gauche de Môme et bas.*

Méflez-vous, il sait tout.

Totor, *même jeu, à droite.*

C'est Luc qui a jaspiné.

Luc

Et il a entendu.

Môme, *entre ses dents.*

Vous avez mangé le morceau... Gaffeurs... Laissez-moi, je m'en charge... *(Ils se retirent)****

(*) *Maman 1, Max 2, Môme 3, Jacquette 4, Luc 5, les autres au-dessus.*

(**) *Maman 1, Max 2, Luc 3, Môme 4, Totor 5, Jacquette 6, Soubresaut 7, les autres au-dessus.*

(***) *Max 1, Môme 2, Soubresaut 3, Jacquette 4, les autres au-dessus.*

SOUBRESAUT, *à mi-voix.*

Ma Môme !

MÔME, *même jeu.*

Ah ! plus tard... lâche-moi... (*Il s'éloigne.*) Ce qu'il est collant... (*Regardant Max du coin de l'œil.*) (*A part.*) Je crois qu'il y aura du tirage. (*Haut.*) Laissez-nous, mes amis... Mon fiancé a quelque chose à me glisser dans le tuyau... Allez... (*Les hommes offrent le bras aux dames.*)

CHŒUR

AIR : *Refrain, 3, rue du Paon, à mi-voix.*

Ah ! c'est vraiment
Stupéfiant
Epatant
Il l'attend
Pas content
Fichons l'camp.

(*Tous sortent sur la pointe des pieds.*)

SCÈNE IX

Max, Môme, Maman*.

MAX, *après s'être assuré que les portes sont fermées, s'avance terrible sur Môme.*

A nous deux !

MÔME, *reculant.*

Max... ces cheveux hagards... cet œil hérissé... qu'avez-vous ?

MAX, *dramatique et ironique.*

Ce que j'ai... Ah ! demandez-moi plutôt ce que vous n'avez plus... (*Il fait un pas vers elle.*)

MÔME, *poussant un cri.*

Ah ! j'ai le trac. (*Elle a reculé jusqu'auprès de Maman qui dort, et s'asseoit dessus.*) Maman** !

MAMAN, *se réveillant.*

Ma fille... mon gendre... vous voulez ma bénédiction !.. (*Elle s'apprête à les bénir.*)

MAX, *l'arrêtant, sérieux.*

Non, maman, inutile de vous déranger.

MAMAN, *qui n'entend pas.*

Vous êtes indisposé ?

<hr>

(*) *Maman 1, Môme 2, Max 3.*
(**) *Môme 1, Maman 2, Max 3.*

MAX, *criant.*

Non... une simple explication..... avec mademoiselle... ça ne sera pas long.

MAMAN, *même jeu.*

Vous avez trop mangé de melon, au dîner, je l'ai remarqué, si vous avez besoin de quelque chose... la porte au fond du corridor. . Allez ! à l'anglaise... (*se rendormant.*) A l'an...glai...se... (*Elle ronfle.*)

MÔME

Pauvre mère ! Elle s'est rendormie...

MAX

Ne troublez pas son repos... Il vaut mieux qu'elle ignore tout.

MÔME

Mais quoi ?

MAX, *lui faisant signe de venir à lui*.*

Môme, vous savez à quel point je vous aime, combien je vous gobe... comme vous dites dans votre argot parisien .. J'ai un rude pépin !...

MÔME

Pour ma poire, je le sais.

MAX

Je suis riche, mais je ne suis qu'un paysan, un rural, un peu terreux, mais plein d'honneur ; je voulais vous donner le nom que mes pères m'ont transmis, l'illustre nom des Chandel.

MÔME

Est-ce qu'il n'y a plus mèche ?

MAX

Tout à l'heure... deux hommes étaient ici, moi, derrière ce paravent... et j'ai entendu... des choses...

MÔME

Des potins.

MAX

Sur vous...

MÔME

Lesquels ? (*Max hésite.*) Accouche.

MAX

Non, c'est trop horrible... et si c'était vrai... voyez-vous, Môme... nous, les terreux, nous sommes un peu arriérés... et quand nous voulons prendre femme...

<hr>

(*) *Maman 1, Môme 2, Max 3.*

COUPLET

Air : *Chouette, Chouette.*

Nous voulons avec de la beauté,
Avoir de la pureté,
Puis une couronne d'oranger
Qui n'ait jamais couru d'danger,
Le corps et le cœur ingénus,
Et surtout inconnus,
Enfin qu'elle ait en fait d' vertu,
Tout c'qu'il y a d'solide, comprends-tu ?

MAMAN, *rêvant.*

En voulez-vous, des z'homards ?

MOME, *affectant de rire.*

REFRAIN

Max ! Max ! Ah ! qu't'es rigolo,
J't'en prie, arrête ton grelot.
  (riant aux éclats.)
Tu vois je ris, finis, finis, finis,
Où j'abime le tapis.

ENSEMBLE

(Môme rit aux éclats sur la musique. ha ! ha !
ha ! etc., etc., *pendant que Max chante.*

Quoi, quoi, qu'est-ce qu'est rigolo ?
J' t'en prie, arrête ton grelot,
N' ris pas comme ça, finis, finis, finis,
Tu vas tacher l' tapis !

MAX, *à Môme qui continue à rire avec ostentation.*

Je t'en supplie, arrête-toi.

MOME, *riant.*

Je ne peux pas... ha ! ha ! plus fort que
moi... trop drôle... ha !... ha !... alors, vous
avez coupé... ha ! ha !...

MAX

Coupé... coupé quoi ?

MOME, *riant.*

Tout à l'heure, Luc et Totor... ce qu'ils ont
dit... une farce... vous avez coupé dans le
pont.

MAX

Dans le pont... alors, le pont, c'était...

MOME

Toi... en plein... ils te savaient là... au
paravent !

MAX

Vrai ?

MOME

Puisque je le dis... voyez, mon nez, est-ce
qu'il remue... voyez mon œil, est-il blanc
et pur... touchez ma main... est-ce qu'elle
aurait pu caresser d'autres joues que les
vôtres ? *(Elle lui caresse les joues).*

MAX

Ah ! ça me fait du bien !

MOME

Êtes-vous rassuré ?

MAX

Mais Soubresaut ?

MOME, *à part.*

Ah ! je l'attendais ! *(Haut)* Soubresaut,... je
vous l'ai dit... un ami d'enfance...

MAX

Il est toujours près de vous... il vous
tutoye...

MOME

Dame, c'est mon professeur.

MAX

Professeur... que vous a-t-il appris ?

MOME

A monter à bicyclette,... oh ! il est très
fort... plus que vous ; c'est lui qui m'a donné
les premières leçons pour diriger ma bécane..
oh ! mais maintenant, je n'ai plus besoin de
lui, je pédale comme père et mère.

MAX

Et jamais vous ne lui avez montré d'autre
marque d'affection.

MOME

Jamais... il m'a quelquefois vue ramasser
des pelles...

MAX

Des pelles ?

COUPLET

MOME

Air : *A. E. I. O. U.*

En commençant c'est comm' ça
E. I. A.
Y a des pell's à ramasser,
A. I. E.
Pile ou face on s'aplatit
A. E. I.
Je suis tombé souvent sur l' dos
A. I. O.
Mais j' te jure qu'il n'a pas vu,
A. E. I. O. U.

(Parlé) Eh ! bien, êtes-vous convaincu ?

MAX, *hésitant.*

A peu près... et pourtant...

MOME, *à part.*

Il est dur à la détente... si je pouvais trouver ne bonne colle... Ah!.. je la tiens... mordra-il à un si gros hameçon... essayons...*(Haut)* i je vous donnais une preuve... une preuve rrécusable...

MAX

Une preuve... j'aimerais mieux ça...

MOME

Vous le voulez... c'est un secret que je vais ous dévoiler... un secret de famille...

MAX

Parlez, Môme.

MOME, *à part.*

Il n'avalera jamais... *(Haut)* C'était en 1300 t quelque chose... un de mes ancètres... ornard de Bougre, partit pour la Palestine, ar vous savez que nous descendons des roisés, et que les Bougre étaient de fameux apins. Or, ce Cornard était comme vous, mon auvre Max... jaloux, et sa femme était jolie t coquette... avant son départ, pour être ertain de sa fidélité... il fit confectionner par n serrurier de l'époque un corset en fer orgé avec serrure à secret dont il la revêtit, t dont il emporta la clef à Jérusalem... à son etour, au bout de 30 ans.

MAX, *haletant.*

Il avait perdu la clef!

MOME

Non ! *(A part)* Il mord... *(Haut)* mais elle tait tellement rouillée qu'il ne pût s'en servir t mourut de chagrin.

MAX

Mais je ne vois pas...

MOME, *à part.*

Voilà le plus dûr. *(Haut)* Depuis ce jour, ce orset s'est transmis dans la famille, de énération en génération... et il est d'usage ue la fille aînée le porte jusqu'au jour de on mariage.

MAX

Mais la fille aînée... c'est...

MOME

C'est moi !

MAX

Et... ce corset... vous l'avez encore ?...

MOME

Je l'ai... z'encore...

MAX

Et... la.. clef ?...

MOME

On la fait réparer... c'est maman qui la garde.

MAX, *s'agenouillant.*

Pardon, Môme, pardon... de mes soupçons.

MOME, *à part.*

Il a avalé.

MAX

J'étais un imbécile !

MOME, *le relevant.*

Je le savais... mon ami...

MAX*

Oh ! oui, je vous épouserai, et plutôt deux fois qu'une... et tout suite, encore... *(A Maman.)* Madame !..

MAMAN, *se réveillant.*

En voulez-vous des z'homards ?

MAX, *criant.*

Oh! bonne mère... la clef... vous me don nerez la clef.

MAMAN

La clef... vous êtes pressé... attendez, je vais vous y conduire.

MOME, *à part.*

Qu'est-ce qu'elle a compris ?

MAX

Ah ! Môme ! le plus heureux des hommes.. je le suis !

MOME

Pas encore mais ça viendra.

MAX

Venez, Maman.

COUPLET

AIR, *Chœur des Viellards.*

Allons, venez, belle-maman
Non, vrai, je ne puis plus attendre
Donnez-moi la clef vivement
Pour que je devienne votre gendre,
Je suis jeune et bien vigoureux
J'vous promets un' nombreus' famille
J'ai hâte d'être bien heureux,
Allons chercher la clef d'vot' fille.

(Ils sortent au fond. Max envoie des baisers à Môme.)

(*) *Maman 1, Max 2, Môme 3.*

SCÈNE X

Môme, *puis* Soubresaut.

MÔME, *à part.*

Pristi !.. ça été dur...

SOUBRESAUT, *venu par la droite, il a l'air fatal.*

Môme !

MÔME, *à part.*

A l'autre maintenant.

SOUBRESAUT

Alors, ça y est ?

MÔME

Quoi ?

SOUBRESAUT

Ton mariage ?

MÔME

Ça y est... l'affaire est dans le sac.

SOUBRESAUT

Ah ! Môme, voilà donc la récompense que tu me réservais... à moi, ton professeur de bicyclette... moi qui le premier t'ai mise en selle. Ah ! ce n'est pas ce que tu m'avais promis !

MÔME

Je sais... je t'avais promis ma machine.

SOUBRESAUT

Cela me rendrait si heureux de la presser sur mon cœur... et de m'enivrer de l'odeur suave qui s'exhale de toi.

MÔME

Je te la donnerai le lendemain de mon mariage.

SOUBRESAUT

Ah ! ce n'est pas la même chose !

MÔME

Pourquoi ?

SOUBRESAUT

Moi qui t'ai si souvent prêté ma bécane. Te souviens-tu qu'à notre première sortie, tu as crevé mon pneu ?

MÔME

Oui, mais je l'ai fait regonfler.

SOUBRESAUT

Tu m'aimais alors ?

MÔME

Mais je te gobe toujours.

(*) *Môme 1, Soubresaut 2.*

SOUBRESAUT

Et tu en épouses un autre ?

MÔME

Dame, tu n'as pas le sou !

SOUBRESAUT

Je puis faire fortune... tiens on m'a parlé de me faire entrer dans une combinaison de chemins de fer... du Sud.

MÔME

Une affaire à manier, tu vas te faire coffrer.

SOUBRESAUT

Je puis encore comme tant d'autres découvrir de nouvelles mines en Afrique.

MÔME

Des mines de blagues... j'aime mieux tenir que courir...

SOUBRESAUT

Ah ! tu ne m'aimes plus.

MÔME

Mais si !

SOUBRESAUT

Non !

MÔME

Si !

SOUBRESAUT

Alors, donne-moi un bécot. *(Il s'avance.)*

MÔME, *reculant.*

Oh ! non... pas ça...

SOUBRESAUT

Je le veux.

MÔME, *faisant l'enfant.*

Moi veux pas... na.

SOUBRESAUT

Un bécot, te dis-je... tu ne vois donc pas dans quel état d'agitation je suis... *(Marchant sur elle.)* Un bécot... je le veux... je le veux... je l'aurai.*

MÔME, *passant près du piano.*

Ah çà ! qu'est-ce qu'il a donc mangé ?

COUPLET

AIR : *La Favorite.*

SOUBRESAUT, *pendant le chant, il la poursuit, elle tourne autour du piano.*

Viens... ah ! je suis éperdu !
Un doux transport m'enivre *(bis)*
O ma Mom', dit zut à la vertu
Pour t'aimer, je veux vivre
Pour t'aimer. *(bis.)*

(*) *Soubresaut 1, Môme 2.*

Viens, viens, je sens battre mon cœur,
C'est pour toi, *(bis)* ma chérie,
Ah ! viens sur mon sein, je t'en prie,
Viens cacher ton bonheur,
Ah !
Pour nous, c'est le bonheur !

(Ils ont fait le tour.)

Môme, *toute défaillante assise sur le piano.*

Il est enragé...

Soubresaut

Un bécot, je le veux. *(Il la prend à bras-le-corps).*

Môme

Lâche... de la violence... lâche... mais lâche-moi-donc... *(Elle pousse un grand cri).* Ah ! tu m'as blessée... *(Il la lâche).*

Soubresaut

Où ?

Môme, *s'écartant.*

Tu m'as écorchée avec ton lorgnon.

Soubresaut

Qu'importe... un bécot... je le veux ! *(Rumeur au dehors).*

Môme

Tais-toi !.. on vient !...

Soubresaut

Je te veux... je te veux... je t'aurai.

Môme, *se sauvant.*

Jamais je ne l'ai vu comme ça.

Soubresaut

Je t'aurai... quand je devrais te briser... comme je brise cette potiche... *(Il jette un vase par terre).*

SCÈNE XI

Les Mêmes, Tout le monde.

(La porte s'ouvrant, tous font irruption).

CHŒUR

Air : *La Petite Nounou, refrain,*

Hé ! dites donc, les p'tits agneaux
Qui donc qui cass' la vaisselle,
Hé ! dit's donc, les p'tits agneaux, { *bis.*
Qui donc qui cass' les pots.

(*) *Soubresaut 1, Môme 2.*

Max

Que se passe-t-il ?

Soubresaut

Il se passe que ce mariage n'aura pas lieu.

Max, *très noble.*

Et pour de quoi ?

Soubresaut, *véhément et à mi-voix, à Max.*

Chandel, je ne vous connais pas... mais je vous veux du bien.. n'épousez pas Môme... faites-le pour moi, faites-le pour vous, faites-le pour votre famille... *(Haut)* Car cette femme a été ma maîtresse...

Môme *donnant un coup de pied à Soubresaut.*

Pignouf !... Pignouf !... Pignouf !...

Soubresaut, *à genoux.*

Ah ! tu me brises le cœur !

Max, *très digne, s'interposant.*

Laissez, Môme... pardonnez-lui, vous qui êtes un ange de pureté.

Luc, *à part.*

Ah ! j'te vas tuer !

Max

Cet homme votre amant... Vous en avez menti, vous n'aviez pas la clef.

Soubresaut, *à lui-même.*

Quelle clef ?

Max, *fièrement à Môme.*

Je l'ai moi,... la clef ; votre mère me l'a confiée. *(Il sort une énorme clef).*

Jacquette, *à Luc.*

C'est la clef des cabinets.

Luc

C'est égal, il en a une couche !

Maman, *qui s'est approchée de lui, montrant la clef* (**)

Hein !.., ça vous a fait plaisir... gardez-là... elle pourra encore vous servir.

Max

Ah ! oui, la noce dans huit jours... et je vous réponds, belle maman, que nous aurons beaucoup de moutards.

(*) *Maman 1, Max 2, Soubresant 3, Môme 4, Jacquette 5, Luc 6. Les autres au-dessus.*

(**) *Soubresant 1, Maman 2, Max 3, Môme 4, Jacquette 5, Luc 6.*

MAMAŇ

Des z'homards ! ah ! les sales bêtes, ils ont
du poil aux pattes.

COUPLET

AIR : *Le vin de Suresnes.* (Gd. Mogol.)

MAX

Ce soir nous avons
Joué sans façon
D'vant vous les doubles vierges
Sans rim' ni raison
C'est peut-êtr' bon
Seul'ment pour des concierges.
Mais par hasard si nous obtenions
L' succès des d'mi-vierges,
Je vous jure que nous brulerions
Pas mal de doubles cierges.

Tous, battant des mains.

A tire la rigo
Vit' des bravos !
N' vous gênez pas, qu'ils soient bien chauds
A tire la rigo
N' vous gênez pas
A tire la rigo
Nourris bien chauds.
A tire la rigo
Vit' des bravos !
N' vous gênez pas, qu'ils soient bien chauds.
A tire la rigo
N' vous gênez pas
A tire la rigo,
Vit' des bravos.

FIN.

Vannes. — Imprimerie LAFOLYE, 2, place des Lices. 2511-99

AUTEURS	TITRES DES ŒUVRES	Hommes	Femmes	Prix nets
Cieutat	Furet (Le)	»	1	4 »
Moreau-Touzé	Gai gai mariez-vous !	4	3	loc.
Divers	Gavroche et Loup de mer	1	1	loc.
Froyez-Colias	Grand Duc Moleskine (Le) d	6	6	loc.
Lefort	Grand papa de la chanson (Le) d	1	1	3 »
Lebretod-Blairat	Grenouille (La) d	4	2	loc.
M.-Brisac	Guerre aux hommes (La) d	6	7	loc.
Lebreton-Nicolai	Gueule d'Or d	6	6	loc.
Lebreton-Moreau	Héritière de Carapattas (L') d	8	8	loc.
Villebichot	Hirondelles de la rue (Les)	»	2	3 »
Lebreton-Blairat	Homme pâle (L') d	4	2	loc.
Lebreton-Duroc	Hôtel d'Artistes d	troupe	»	loc.
Lebreton-Duroc	Hôtel de Noblepanne d	4	4	loc.
Darantière et Bouvet	Hôtel du lac bleu (L') d	7	6	loc.
Dourel-Jost	Hôtel modèle d	7	7	loc.
Autigeon-Dourel	Hypnotiseur malgré lui (L') d	3	2	loc.
Moniot	Jacotte	2	2	5 »
Liger-Aubrun	J'ai perdu Virginie	3	1	loc.
Nargeot	Jeanne, Jeannette et Jeanneton d	2	3	8 »
Michiels	Jefque et Trinne	1	1	4 »
Lebreton Soudan	J'épouse ma bonne d	5	4	loc.
A. Perronnet	Je reviens de Compiègne	»	1	4 »
Bernicat	Jeunesse de Béranger (La)	3	1	6 »
Lebreton-Moreau	Jocrisses du mariage (Les) d	troupe	»	loc.
B. Lebreton	Joies du divorce (Les) d	troupe	7	loc.
L. Collin	Journée aux soufflets (La)	1	1	4 »
Herpin	Ki-Ki-Ri-Ki d	troupe	»	loc.
Robillard	La vengeance de Ramoli	2	1	4 »
Desormes	Leçon de musique (La)	1	1	4 »
J. Clérice	Léda d	troupe	»	loc.
Cazaneuve	Loi du pal (La) d	troupe	»	5 »
Moreau-Gramet	Ma Colonelle	2	2	loc.
De Ste-Croix	Madame de Rabucor d	2	1	4 »
Clairville fils	Madame la baronne d	1	1	4 »
Wachs	Madame le docteur	2	1	4 »
V. Roger	Mademoiselle Louloute	2	2	5 »
Bessière-Marinier	Maire et Martyr d	3	2	loc.
Talexy	Maître Grelot	3	2	7 »
Lemoyne-Jacoutot	Mamzelle Claudinette d	3	2	loc.
T'ar Nemw Celval	Mamzelle Culot	troupe	»	
De Lajarte	Mam'zelle Pénélope d	3	1	7 »
Jouhaud	Mariages riches	1	1	3 »
Moniot	Marianne et Jeannot d	1	2	8 »
Tollet	Marié sans l'être	4	»	3 »
Moreau-Duroc	Maris jaloux (Les)	5	2	loc.
Simiot	Mariés de Nanterre (Les)	1	2	4 »
Meynard	Marquis Turlupin (Le)	1	1	loc.
Gresset-Bernard	Méfiez-vous d'Oscar d	2	2	loc.
E. André	Melon (Le) (monologue saynète)	1	»	2 »
Desormes	Menu de Georgette (Le)	3	2	8 »
Ch. Gabet	Mérite des femmes (Le) d	4	4	loc.
Moreau-Boucherat	Médjidié (Le)	2	2	loc.
Lebreton-Moreau	Miss Kissmy d	5	5	loc.
Bessier-Moreau	Môme aux Camélias (La) d	troupe	»	loc.
Bessière-Ruffier	Môme aux grands yeux (La) d	8	6	loc.
Chassaigne	Monsieur Auguste d	1	1	3 »
Lebreton-Moreau	Monsieur Sans Gêne d	troupe	»	loc.
Moreau-Touzé	Mouche du Coche (La)	4	2	loc.
Joly	Myope et presbyte d	1	1	4 »
Desormes	Nègre de la Porte St-Denis (Le)	3	3	3 »
E. Lhuillier	Nez enchanté (Le)	1	1	3 »
Dorfeuil-Moreau	Le Nez de Cyrano d	troupe	»	loc.
Herpin	Noce à Grospoulot (La)	5	7	loc.
F. Barbier	Noce à Suzon (La)	1	1	4 »
. Collin	Noces d'or (Les)	2	1	5 »
..reau-Gramet	Nos petites Chattes	3	5	loc.
Lebreton-Moreau	Nos voisins d	6	6	loc.
V. Roger	Nourrice de Montfermeil (La)	2	3	6 »
Ch. Gabet	Nouvel Achille (Le) (vaud.) d	3	1	6 »
Touzé Prud'homme	Nuit de Noces de Beauflanchet	6	4	loc.
Jacobi	Nuit du 15 octobre (La) d	3	1	6 »
Dédé fils	Oncle et Neveu	3	»	3 »
Louis Bouvet	Oncle Maboulin (L')	4	4	loc.
Bessière-Ruffier	Ordonnance Besuchet (L') d	troupe	»	loc.
Berthelot Roland	Othello chez Thaïs d	3	5	loc.
Dufils	Paille et la Poutre (La)	»	2	6 »
Billemont	Pantalon de Casimir (Le)	1	1	6 »
A. Petit	Par autorité de Justice d	5	3	loc.
Dorfeuil-Moreau-Dédé	Paris aux Courses d	8	8	loc.
F. Barbier	Par la fenêtre	1	1	4 »
J. Walter	Par la Gymnastique d	2	1	loc.
Henry Moreau	Partie de Campagne d	troupe	»	loc.
Ed. Lhuillier	Pasquinette	1	1	3 »
Bénédite-Jaucourt	Le pays Vierge d	troupe	»	loc.
L. Collin	Petit Spahi (Le)	3	3	5 »
Lebreton-Moreau	Petite baronne (La) d	troupe	»	loc.

AUTEURS	TITRES DES ŒUVRES	Hommes	Femmes	Prix nets
Linas	P'tite bête vit encore (La) d	1	6	4 »
Lebreton-Moreau	Petite colonelle (La) d	8	3	loc.
id.	Petites Menichons (Les) d	troupe	»	loc.
A. Petit	Petits lapins (Les) d	troupe	»	loc.
Maurey et Jimbu	Petits Trottins (Les) d	5	6	loc.
J. Clérice	Phrynette d	troupe	»	loc.
A. Alavoine	Plumechat et Cie d	4	6	loc.
F. Barbier	Points jaunes (Les)	1	1	5 »
Cinoh-Verdellet	Pompier d'Endoume (Le)	10	12	loc.
Gresset-Bernard-Letorey	Pompier d'Ernestine (Le) d	2	2	loc.
Autigeon-Dourel	Poste restante 222 d	4	3	loc.
F. Barbier	Poupée automate (La)	1	1	4 »
A. Lambert	Première brouille (La)	»	1	
F. Barbier	Premières armes de Parny (Les)	1	3	5 »
Blédort-Barbès	Presbytère de Bazeille (Le) d	troupe	»	loc.
Moreau	Professeur de chant	»	1	3 »
De Ste-Croix	Pygmalion d	1	2	6 »
Garnier-Héros	Queue du Diable (La) d	troupe	»	loc.
Delilia-Héros	Qui va à la Chasse	2	2	loc.
L. Collin	Qui se dispute s'adore	1	1	4 »
Ch. Lecocq	Rajah de Mysore (Le) d	troupe	»	3 »
Villebichot	Réponse du Berger (La)	1	1	8 »
Jacoutot	Retour de Kerdrec (Le)	troupe	»	4 »
Meugé	Retour de Margotte (Le)	1	1	4 »
Roques	Retour de Mars (Le)	1	2	4 »
L. Collin	Retour de Musette (Le)	1	1	4 »
Autigeon-Dourel	Revanche de Verluisant (La)	5	2	loc.
Ch. Thony	Robes et Manteaux d	5	4	loc.
F. Chaudoir	Roi Claquette (Le) d	3	3	5 »
Briollet-Yvel	Roi koku (Le) d	troupe	»	loc.
Desormes	Roland furieux	3	1	6 »
L. Desormes	Romance impossible (La)	2	2	2 »
Ch. Gabet	Rosière de Valentino (La) d	3	1	loc.
Michiels	Rosière d'Interlaken (La)	1	1	»
Ch. Gabet	Ruy Black (v.) d	troupe	»	loc.
Claments	Saint-Yvon (La) d	2	1	5 »
Ch. Lecocq	Sauvons la caisse d	1	1	6 »
Marat-Febvre-Bouamy	Septième Escouade (La) d	9	7	loc.
R. Planquette	Serment de Mme Grégoire (Le)	1	1	8 »
Lebreton-Soudan	Serment du marin (Le) d	4	2	loc.
Lebreton-Moreau	Signe de Léda (Le) d	troupe	»	loc.
Ouvier	Simone et Boquillon	2	1	loc.
Lebreton-Duroc	Soir de Noce d	4	4	5 »
Maillait	Soirée bourgeoise	2	2	loc.
Leserre	Soirée d'amateurs	pochade	»	1 »
Gresset	Souffleur par amour d	3	1	loc.
Claments	Souhaits ridicules (Les) d	2	1	loc.
Meyan	Soupirs du cœur	2	3	5 »
Ch. Malo	Souviens-toi de Clémentine	2	1	4 »
Moreau-Darsay	Spiritisme des Familles	4	4	4 »
Tac-Coen	Suzette, Suzanne et Suzon	1	3	loc.
Wachs	Tata chez Toto	2	1	4 »
Lempereur et Pimard	Témoin (Le)	3	1	loc.
Chassaigne	Toc	2	2	4 »
Hervé	Toinette et son carabinier	2	1	5 »
Bessier-de Gorsse	Tonton d	3	3	6 »
Wachs	Totor et Titine	2	1	loc.
Hubans	Tour de Moulinet (Le) d	2	1	4 »
Cartier	Train des Maris (Le)	2	1	8 »
Moreau-Duroc	Tranquil'hôtel	5	4	4 »
Moreau-Darsay	Trente mille francs par an	2	2	loc.
Ch. Gabet	Trésor des Dames d	troupe	»	loc.
Lebreton-Moreau	Treize jours d'un Parisien (Les) d	troupe	»	loc.
id	Treizième spahis (Le) d	troupe	»	loc.
id	Trio de troupiers d	troupe	»	loc.
Lebreton Téramond	Trois Gosses (Les)	4	4	loc.
Lebreton-Moreau	Trois Maçons (Les) d	4	2	loc.
Lambert-Lebreton	Trac du Pharmacien (Le)	4	1	loc.
L. David	Tu l'as voulu d	3	1	5 »
Héros Jost	Tziganie dans les Ménages (La) d	troupe	»	loc.
Javelot	Un amour d'épicier	2	1	4 »
P. Henrion	Un charcutier dans les fers	1	1	4 »
Chassaigne	Un Coq en jupons	1	1	4 »
Banès	Un do malade	2	1	5 »
Wachs	Un domestique pour rire	1	1	4 »
G. Laurens	Un futur sur le gril	2	1	4 »
Ch. Malo	Un gendre à poigne	2	1	5 »
Pericaud	Un hercule qui ne veut pas se rouiller	2	1	4 »
Cambillard	Un mariage à la force du poignet	1	1	3 »
Ch. Malo	Un mariage au flageolet	1	1	4 »
Dauphin	Un mariage en Chine d	4	1	6 »
Bernicat	Un mari à l'essai	1	1	4 »
Pericaud	Un mari en grande vitesse	3	1	4 »
L. Collin	Un mauvais conscrit	2	»	4 »
Chassaigne	Un 1er jour de ménage	1	1	4 »
F. Barbier	Un souper chez Mlle Contat	»	2	5 »

Livrets d'opéras et opéras-comiques, net : **2** fr. — Livrets d'opérettes, net : **1** franc.

Pour la location de l'orchestre ou l'abonnement, s'adresser à l'Editeur

AUTEURS	TITRES DES ŒUVRES	Hommes	Femmes	Prix net	AUTEURS	TITRES DES ŒUVRES	Hommes	Femmes	Prix net
Bernicat. . . .	Une aventure de clairon. . .	2	2	6 »	Bernicat. . . .	Une poule mouillée.	1	»	4 »
Lebreton-Blairat. .	Une Consultation d.	4	3	loc.	Chassaigne. . .	Une table de café.	2	»	4 »
Garnier-Vallès .	Une Corbeille de Noce. . . .	5	3	loc.	Robillard. . . .	Une tempête conjugale. . . .	1	1	4 »
E. André . . .	Une drôle de Marquise . . .	2	1	3 »	Liger-Aubrun .	Urticaire (L')	4	1	
Claments . .	Une étoile d'antichambre d .	2	1	5 »	R. Planquette .	Valet de cœur	1	»	4 »
Jouhaud	Une femme du quart du monde	2	1	4 »	J. Walter . . .	Végétariens (Les) d	troupe	»	loc.
Villebichot. . .	Une femme qui bégaie d .	3	2	6 »	Robillard. . . .	Vengeance de Ramolli (La).	2	1	4 »
L. Roques . . .	Une femme tombée du Ciel .	1	1	5 »	L. Roques . . .	Vénus infidèle (Retour de mars) d .	1	»	4 »
Villebichot. . .	Une fille à trucs	3	1	4 »	Moreau-Boucherat.	Vert galant	6	8	loc.
Liouville . . .	Une fille en loterie	2	1	4 »	Lebreton-Moreau .	Vierges du chahut (Les) d .	troupe	»	loc.
Touzé-Monjardin	Une intrigue chez les Mouchamiel.	2	3	loc.	Desgranges. . .	Vieux Sorcier d	3	2	loc
Desormes. . . .	Une lune de miel normande	1	1	4 »	Burani-Planquette.	Vingt-huit jours de Champignolette d	6	4	loc.
L. Collin. . . .	Une mariée sans mari . . .	1	1	4 »	Ratcée-Corbeau	Vive la Classe d	7	8	loc.
Ed. Lhuillier. .	Une marine à vapeur. . . .	1	1	3 »	Chaudoir. . . .	Voilettes magiques (Les). . .	1	»	loc.
Desormes . . .	Une mauvaise connaissance.	3	2	5 »	Lebreton-Moreau	Vocation d'Isoline (La) . . .	2	»	5 »
Moreau-Darsay.	Une mauvaise nuit.	2	2	loc.	Jacobi	Voilà l'plaisir, mesdames . .	2	»	4 »
Ch. Gabet . . .	Une nourice sur lieu d. . . .	2	4	loc.	Ch. Hubans . .	Voiture à vendre d	2	»	4 »
Moreau-Dorfeuil. .	Une nuit de Paris d.	troupe	4	loc.	Lebre on-Moreau	Volontaire de 92 (Le) d . . .	troupe	»	loc.
Duhem.	Une partie à Robinson . . .	2	2	4 »	Tac-Coen . . .	Volontaire et vivandière. . .	1	1	4 »
Wachs.	Une pleine eau à Chatou . .	2	1	4 »	Herpin.	Voyage de noce (Le) d . . .	4	1	loc.

Livrets d'opéras et opéras-comiques, net : **2** fr. — Livrets d'opérettes, net : **1** franc.

Pour la location de l'orchestre ou l'abonnement, s'adresser à l'Éditeur.

POUR LES GRANDS OUVRAGES DU RÉPERTOIRE

CONSULTER LE CATALOGUE SPÉCIAL

DES

OUVRAGES DE THÉATRE

QUI EST ENVOYÉ **FRANCO** SUR DEMANDE

MM les Directeurs sont priés de s'adresser à l'Éditeur pour le conducteur et les parties d'orchestre ainsi que pour le service des pièces nouvelles.

Des envois de livrets à choisir sont faits sur demande en port dû aller et retour.

Vannes. — Imp. Lafolye. — 2495-99.